◯ SBS 동물농장TV × 애니멀봐 공식 동물 만화 백과

쪼꼬미 동물병원 ④
- 이색 동물 편 -

원작 SBS TV 동물농장 X 애니멀봐 **글** 권용찬 **그림** 이연 **감수** 최영민

원작 소개의 글
우리 곁에서 함께 살아가는 수많은 동물들!
그 알쏭달쏭한 동물 세계를 탐구한다!

★ 구독자 수 492만 명의 인기 유튜브 ★

〈SBS TV 동물농장 X 애니멀봐〉는 492만 명의 구독자를 보유한 유튜브 채널로, 다채로운 동물 이야기를 다루며 사람과 동물의 세계를 더 가깝게 연결해 주고 있어요!

★ 대표 오리지널 콘텐츠 ★

'쪼꼬미 동물병원'은 〈SBS TV 동물농장 X 애니멀봐〉의 대표적인 오리지널 콘텐츠 중 하나예요! 다양한 이유로 병원을 찾은 소동물 친구들의 치료 이야기를 따뜻한 시선으로 담아내며, 시청자들에게 더 넓은 동물 세계를 보여 주고 있지요!

감수의 글
"쪼동이 뭐라고 생각하세요?"

우리가 살고 있는 이 세상에는 수십만 종의 동물이 있습니다. 모두 인간의 삶에 많은 영향을 주는 존재들이죠. 그래서 우리는 동물과 함께 살아가는 법을 배워야 합니다.
〈쪼꼬미 동물병원〉은 동물에 대한 정보와 병원 이야기를 재미있는 만화로 풀어냈습니다. 단순히 병을 치료하는 이야기만 있는 것이 아니라, 동물 친구들과 함께 잘 살아가기 위해 꼭 필요한 관심, 사랑, 이해심에 대한 이야기도 담고 있지요.

이 책을 읽은 후, 주변을 한번 둘러보세요. 모든 동물이 저마다의 방식으로 행복하고 건강하게 살기 위해 노력하고 있다는 것을 알게 될 거예요. 또한 독자 여러분도 생명의 소중함을 이해하고, 보다 더 따뜻한 마음으로 동물을 대할 수 있게 될 것이랍니다.

그럼 지금 바로, 책장을 넘겨 사랑스럽고 귀여운 쪼꼬미 동물 친구들을 만나 보세요!

여러분도 '쪼동'이 무엇인지 깨닫게 될 거예요!

최영민 수의사

차례

프롤로그 ················ 10

1장

제1화. 데구 도리 ············ 20

제2화. 차코뿔개구리 보루 ······· 32

2장

제3화. 오란다 란다 ·········· 46

제4화. 페넥여우 호두 ········· 58

3장

제5화. 주머니여우 순대 ········ 72

이야기가 끝날 때마다
내가 기록한
특별한 쪼꼬미 일지도
확인할 수 있어!

제6화. 피그미하마 하미 · · · · · · · · · · 84

제7화. 왈라비 왈리 · · · · · · · · · · · · · · 96

4장

제8화. 레서판다 레팡 · · · · · · · · · · · · · 110

제9화. 플라워혼 물갱 · · · · · · · · · · · · · 122

제10화. 닭 꼭실이 · · · · · · · · · · · · · · 134

5장

특별한 동물과 가족이 되고 싶어요! · · · · · · · · · · · · 148

내 반려동물은 어떤 병에 취약할까? · · · · · · · · · 152

에필로그 〈쪼꼬미의 소소한 일상 만화〉 · · · · · · 153

🐾 프롤로그

긴장 풀고~ 하나도 안 아파요~.

쳇! 다 컸는데 아직도 아기 취급이야!

선생님, 김치~!

김치~~~!!

해바라기씨!

찰칵!

핸드폰 카메라도 있는데 굳이 왜 즉석 사진기로 찍는 거니?
까딱 까딱
에이! 실제 사진은 핸드폰으로 보는 거랑은 다르다고요!
낭만을 모르시네요.

저는 우리 병원에 오는 동물 친구들이랑, 정성을 다해 친구들을 치료하는 선생님들을 사진으로 남길 생각이에요!

"사진 찍을 테니 모두 모이세요! 선생님들, 쪼꼬미 데리고 모여 주세요! 하루, 너도 얼른 서렴. 그럼 타이머부터 맞춰 놓을게요."

"일하다 와서 피부가 칙칙한데."

"쉿! 모두 조용!"

"모두 김~~~~."

"치~~ 으헉!!"

"선생님!!"

20XX. 프롤로그

1장

제1화. 데구 도리

제2화. 차코뿔개구리 보루

제1화
데구 도리

선생님! 응급 환자입니다! 발을 크게 다친 것 같아요!

이게 누구야?! 데구잖아!

데… 구요? 데구가 뭐예요, 선생님?

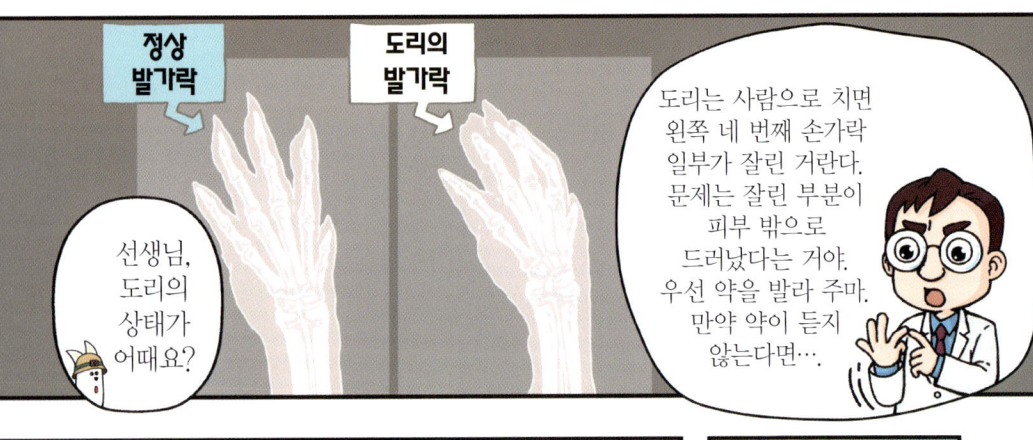

'하루'의 쪼꼬미 일지

 환자 →

데구 도리

발가락 절단 사고를 당해 조그만 발에 붕대를 감고 나타난 데구 '도리'!
발 전체를 절단해야 할 수도 있다는 충격적인 결과를 들었다!
다행히 수술 후 발가락이 잘 아물어서 회복 중이라고~.

📷 오늘의 찰칵!

나 대구 아니고 데구다!

주머니 속에서 쏘옥 얼굴을 내민 쪼꼬미의 정체는?! 바로 데구!

아야아야, 나 아파쪼.

붕대를 풀고 보니 작은 발에 심각한 상처를 입었네~!

붕대 싫어 싫어잉!

무사히 수술을 마쳤는데 온몸으로 붕대를 거부하는 도리!

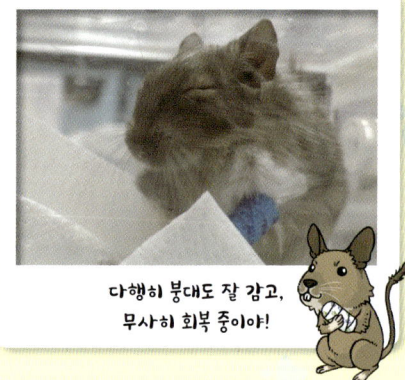

다행히 붕대도 잘 감고, 무사히 회복 중이야!

데구에 대해 알려 줄게!

귀가 쫑긋해!

꼬리는 붓처럼 생겼어!

수염이 긴 편이야!

생김새가 쥐를 닮았어!

- ✓ **먹이:** 마른풀, 나뭇잎, 나무 열매, 곤충 등
- ✓ **서식지:** 남아프리카 칠레 안데스산맥의 산기슭에서 살고 있어!
- ✓ **평균 길이:** 몸길이 약 18~25cm, 꼬리 길이 약 7~13cm
- ✓ **평균 몸무게:** 약 170~400g
- ✓ **동물 분류:** 포유류

더 알아보자!

데구는 남아프리카 칠레 안데스산맥에서 무리지어 사는 동물이야. 주로 낮에 활동하는 주행성 동물로, 땅굴을 파서 집을 지어. 수컷은 땅속에 복잡한 통로를 만들고 입구마다 똥을 쌓아 올려 자신의 지위를 알리는 습성이 있어. 생김새가 쥐를 닮았고, 쫑긋한 귀와 크고 노란 이빨이 특징이야. 5~10마리씩 무리를 지어 생활하는데 울음소리로 의사소통도 할 만큼 지능이 높은 편이지.

제2화 차코뿔개구리 보루

오늘 우리 병원에 보기 드문 쪼꼬미 환자가 왔어.

와! 이게 도대체 얼마 만에 보는 거야!

누군데요?

강인한 뒷다리와, 부리부리한 눈!

그리고 주먹만 한 작은 몸집고 옥색의 피부톤!

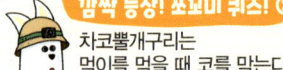

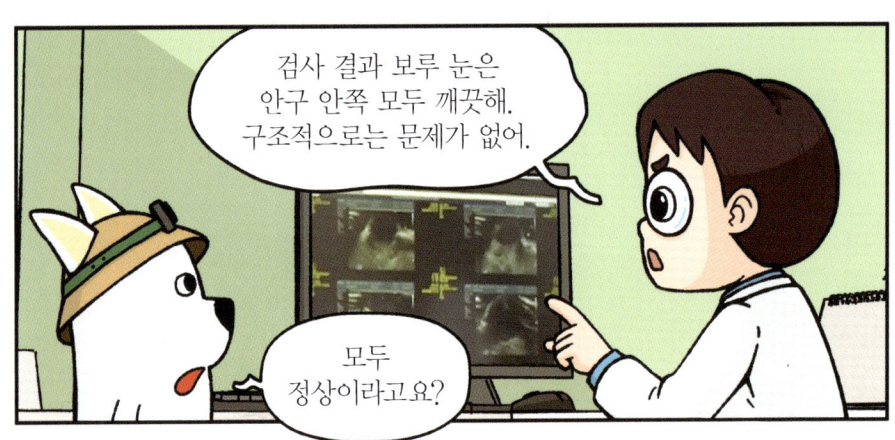

'하루'의 쪼꼬미 일지

 환자 →

차코뿔개구리 보루

겉보기엔 문제없어 보였던 차코뿔개구리 '보루'
그런데! 눈 주위의 신경 문제로 눈을 감지 못한다고!
보호자님의 보살핌이 필요하다!!

📷 오늘의 찰칵!

이몸 등장이다!

쪼꼬미 동물병원에 최초로
등장한 차코뿔개구리 보루!

만져도 미동 없는 보루의 눈!
무슨 이상이 있는 걸까?

눈이 너무 뻑뻑해~

눈 주위 신경이 아주 약해진
상태라는 진단 결과!!

후홋!
난 걱정
없어~!

앞으로는 보호자님의
보살핌이 필요해!

차코뿔개구리에 대해 알려 줄게!

머리 위쪽이 뿔처럼 솟아 있어!

눈이 튀어나왔어!

머리와 입이 커!

- ✓ **먹이:** 귀뚜라미, 작은 개구리, 쥐, 올챙이 등
- ✓ **서식지:** 숲 근처의 물가나 습지가 많은 남아메리카 중부에서 살고 있어!
- ✓ **평균 길이:** 약 8~15cm
- ✓ **평균 몸무게:** 약 500g
- ✓ **동물 분류:** 양서류

더 알아보자!

차코뿔개구리는 몸에 비해 커다란 입으로 귀뚜라미, 개구리, 쥐 등 다양한 먹이를 잡아먹어. 낙엽더미나 진흙에 굴을 파고 숨어 있다가 지나가는 먹이를 잡아먹지. 야행성이라 주로 밤에 먹이 활동을 하는데 우기가 되면 연못에 모여 짝짓기를 시작해. 수컷은 턱 밑에 울음주머니가 있어서 울음소리를 내어 암컷을 부를 수 있어. 이 울음소리는 1km 밖에서도 들을 수 있다고 해.

2장

제3화. 오란다 란다

제4화. 페넥여우 호두

제3화
오란다 란다

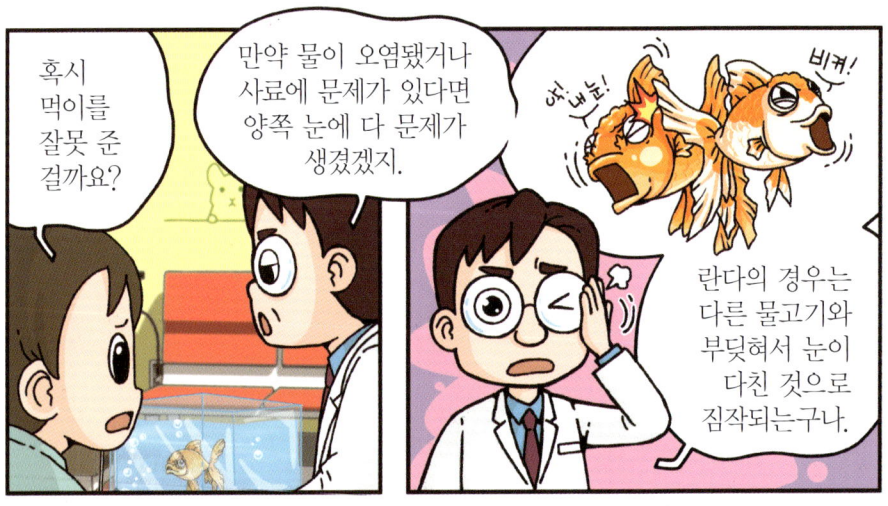

깜짝 등장! 쪼꼬미 퀴즈! ③
오란다는 머리에 모자처럼 생긴 혹이 있다.

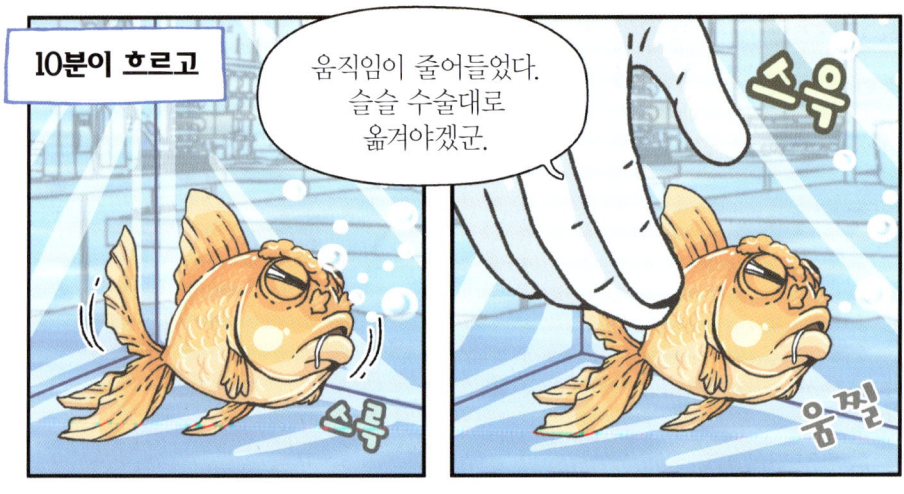

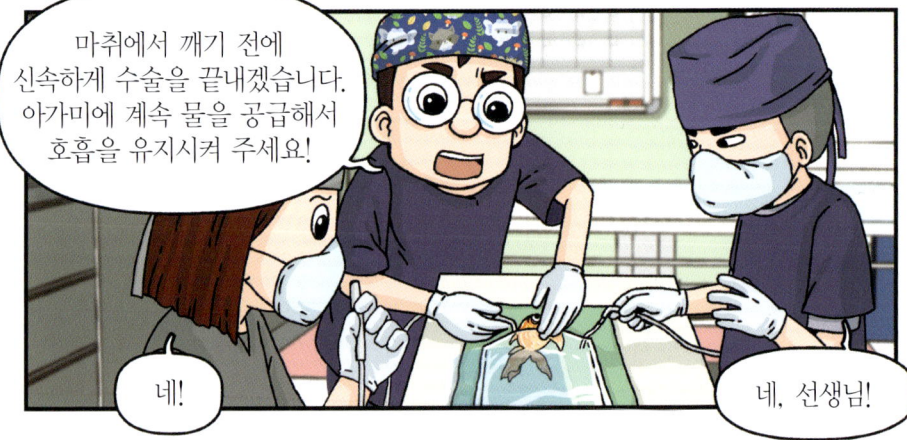

'하루'의 쪼꼬미 일지

 환자

오란다 란다

퉁퉁 부운 눈으로 동물병원을 발칵 뒤집어 놓은 오란다 '란다'! 시급히 눈 치료를 해야 하는데 마취가 들지 않았을 때 느꼈던 절망감이란…. 다신 겪고 싶지 않아~!

오늘의 찰칵!

이봐! 난 평범한 물고기가 아냐!

병원을 방문한 오늘의 쪼꼬미, 란다!

눈이 심하게 부어오른 모습이야…! 상태가 심각하다는 선생님 말씀….

절대 잠들지 않을 테닷!

마취에 들지 않는 란다!! 오기로 버티는 걸까?

다행히 수술이 잘 끝난 란다. 마취에서 깨어나 움직이고 있어!

오란다에 대해 알려 줄게!

꼬리지느러미가 아주 길어!

머리에 모자처럼 생긴 혹이 있어!

- ✓ **먹이:** 시중에 판매하는 금붕어 사료
- ✓ **서식지:** 아시아 전역에 걸쳐 살고 있어!
- ✓ **평균 길이:** 약 20~22cm
- ✓ **동물 분류:** 경골어류

더 알아보자!

둥근 몸통과 머리에 달린 커다란 육혹(살로만 된 혹)이 특징인 오란다는 중국에서 개량한 품종으로 1789~1800년경에 일본으로 들어왔어. 일본에서 네덜란드를 지칭하는 단어가 '오란다'이기 때문에 네덜란드에서 온 품종이라고 착각할 수 있지만 중국에서 개량된 금붕어이지. 머리 부분의 혹 때문에 '사자머리 금붕어'라고도 불려. 오란다의 색은 오렌지색, 빨간색, 흰색, 은색, 검정색 등 무척 다양하고, 보통 10년에서 15년 가까이 살 수 있다고 해.

제4화
페넥여우 호두

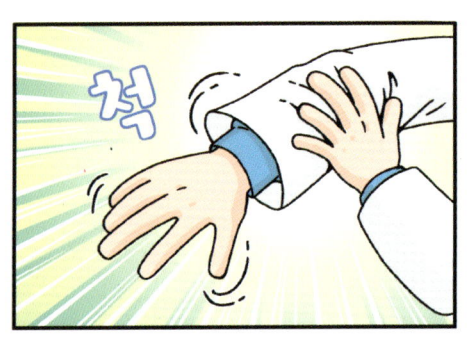

오늘은 오랜만에 동물원을 방문했어.

'하루'의 쪼꼬미 일지

 환자 →

페넥여우 호두

귀여움으로 둘째가라면 서러울 페넥여우 '호두'의 등장!
선생님도 나도 호두의 귀여움에 넋을 잃고 말았어….
여우에게 홀린다는 게 이런 걸까…?

오늘의 찰칵!

깜찍한 외모의 소유자!
오늘의 쪼꼬미 호두 등장!

히힝, 내 소중한 귀인데!!!

생각보다 귀에 큰 상처를 입은 호두. 치료가 시급해.

우리 사육사님이 최고야!

사육사님이 잘 돌봐 준 덕에 말끔히 회복 완료!

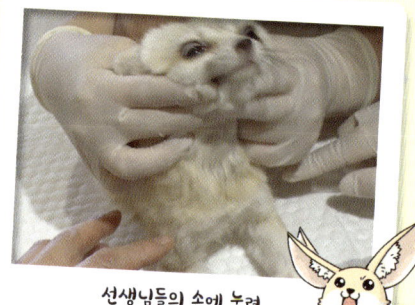

선생님들의 손에 눌려 꾸깃해진 호두의 얼굴…!

페넥여우에 대해 알려 줄게!

귀가 얇고 커!

털빛이 희색에 가까운 황갈색이야!

주둥이가 뾰족해.

꼬리 부분에 검은 얼룩이 있어.

- ✓ **먹이:** 작은 척추동물, 곤충, 도마뱀, 식물
- ✓ **서식지:** 북아프리카와 아시아의 사막 지대에서 살고 있어!
- ✓ **평균 길이:** 몸길이 약 35~41cm, 꼬리 길이 약 18~30cm
- ✓ **평균 몸무게:** 약 1~1.5kg
- ✓ **동물 분류:** 포유류

더 알아보자!

'사막여우'라고도 불리는 페넥여우는 사막 지대에 살기 때문에 건조하고 무더운 기후에 최적화되어 있는 동물이야. 페넥여우는 커다란 귀를 통해 몸속의 열을 내보내서 체온 조절을 해. 또 귀가 큰 만큼 청각도 예민해서 멀리 있는 먹잇감이 내는 소리도 들을 수 있어. 발바닥은 털로 뒤덮여 있는데 이 덕분에 모래에 빠지지 않고 걸어 다닐 수 있지. 물을 마시지 않고도 식물이나 곤충 등 먹이를 통해 얻는 수분만으로도 오랜 시간 살아갈 수 있다고 해.

3장

제5화. 주머니여우 순대

제6화. 피그미하마 하미

제7화. 왈라비 왈리

제5화
주머니여우 순대

주머니여우가 있는 곳은 이쪽입니다.

주머니여우?

우리는 동물원에서 페넥여우 말고도 다른 동물도 진찰했어. 그중에는 매우 낯선 동물도 있었어.

주머니에 들어갈 정도로 작은 여우라는 뜻인가? 혹시 페넥여우보다도 작을까?

 깜짝 등장! 포꼬미 퀴즈! ⑤
주머니여우는 배에 주머니가 있다?

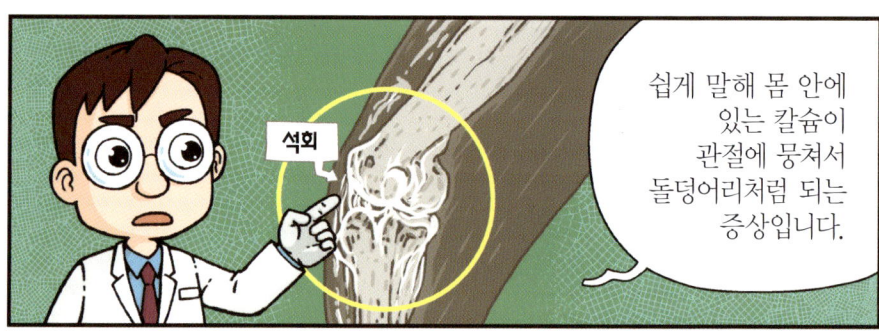

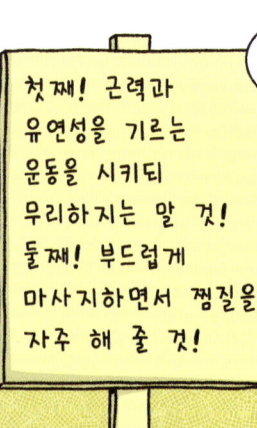

'하루'의 쪼꼬미 일지

환자 → **주머니여우 순대**

절뚝이며 걸어 다니는 모습이 심상치 않았던 주머니여우 '순대'!
평소에는 얌전하다가도 건드리면 화를 내는 이유가 다 있었다니…!
순대야, 얼른 나아서 신나게 뛰어다니렴!

📷 오늘의 찰칵!

구석에서 웅크리고 곤히 자고 있는
순대. 킥킥. 한번 깨워 볼까?

캬아악!
누가 나 깨웠어!
가만 안 둬!

잠에서 깨어나 엄청난 공격력(?)을
뽐내는 중! 무섭지만 귀여워!

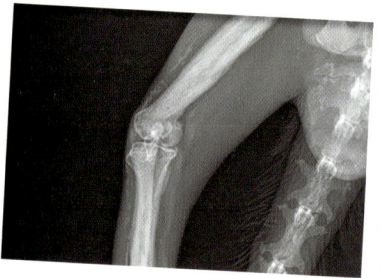

석회화 때문에 그동안 다리를
절었다는 사실을 알게 된 순간!

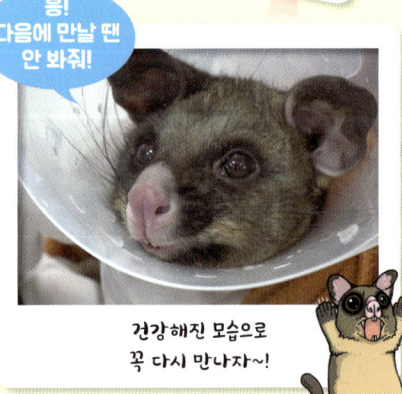

흥!
다음에 만날 땐
안 봐줘!

건강해진 모습으로
꼭 다시 만나자~!

주머니여우에 대해 알려 줄게!

얼굴이 여우를 닮았어!

귀가 큰 편이야.

원통 모양의 굵은 꼬리로 물건을 감아 잡을 수 있어!

- ✓ **먹이:** 나무의 새싹이나 나뭇잎, 과일, 꽃, 새알, 썩은 고기 등
- ✓ **서식지:** 오스트레일리아 태즈메이니아섬에서 살고 있어!
- ✓ **평균 길이:** 몸길이 약 60cm, 꼬리 길이 약 35cm
- ✓ **동물 분류:** 포유류

더 알아보자!

여우를 닮아 주머니여우라는 이름이 붙은 이 동물은 실제로 여우보다는 캥거루를 닮은 동물이야. 암컷은 새끼를 낳으면 캥거루처럼 배에 있는 주머니(육아낭)에 새끼를 넣고 길러. 보통 한 번에 한 마리의 새끼를 낳는데 드물게 두 마리를 낳기도 해. 주머니쥐와 혼동하기 쉽지만 주머니여우는 한배에 6~12마리의 새끼를 품는다는 차이점이 있어. 새끼는 약 4개월 동안 어미의 주머니 안에서 성장한 후 독립하지.

제6화
피그미하마 하미

어휴, 선생님 눈에는 모든 동물이 쪼꼬미로 보이는 건 알겠지만, 그래도 이건 아니죠.

아무리 새끼라도 어떻게 하마가 쪼꼬미예요?!

?

뭐? 하마라고?

깜짝

하하~마~

멈칫

'하루'의 쪼꼬미 일지

환자 → **피그미하마 하미**

움직이면 숨이 차는 증상 때문에 선생님을 찾은 피그미하마 '하미'!
큰 병이 아니었다니 정말 다행이다!
하마들이 원래 뚱뚱한 줄 알았다니 건 비밀이야~!

📷 오늘의 찰칵!

오늘의 환자, 피그미하마 하미가 모습을 드러냈어!

흠냐흠냐…. 당근 먹고 싶어.
밥 먹자마자 잠을 자는 하미! 비만이 된 이유가 있었군!

후훗. 내 강력한 똥 뿌리기 기술 좀 볼래?
똥 뿌리기를 하려고 하고 있어! 으아악, 어서 피해!

몰라 몰라잉.
앞으로 사육사님과 열심히 운동해서 날씬한 모습으로 만나자~!

피그미하마에 대해 알려 줄게!

하마에 비해 머리가 작고 둥글어!

네 다리가 가늘고 길어

하마와 달리 물갈퀴가 없어!

- ✓ **먹이:** 잎, 잔디, 열매, 식물의 뿌리 등
- ✓ **서식지:** 서아프리카 지역의 라이베리아, 시에라리온, 기니의 삼림지대에서 살고 있어!
- ✓ **평균 길이:** 몸길이 약 1.5~1.8m, 꼬리 길이 약 15㎝
- ✓ **평균 몸무게:** 약 180~250kg
- ✓ **동물 분류:** 포유류

더 알아보자!

피그미하마는 종종 하마의 새끼로 오해를 받지만 하마와는 다른 종이야. 하마와는 비슷한 점도, 다른 점도 있지. 우선 피그미하마는 자외선으로부터 피부를 보호하기 위해 분비물이 나오는 점은 하마와 비슷해. 하지만 하마는 수십, 수백 마리가 무리 지어 생활하고, 피그미하마는 단독 생활을 한다는 차이점도 있지. 게다가 하마보다 몸집이 작다고! 하마와 얼마나 다른지 알겠지?

왈리 말대로 다 자란 캥거루는 사람보다 덩치가 큰 데다가 전체적으로 뼈가 굵고 근육질인 느낌이야. 반면 왈라비는 나와 덩치가 비슷해서인지 친근하게 느껴졌어.

왈라비

확실히 덩치가 크니까 카리스마가 있네.

캥거루

내가 캥거루보다 작지만, 훨씬 더 귀염상이지!

깜짝 등장! 쪼꼬미 퀴즈! ⑦
왈라비는 캥거루보다 성격이 사납다?

'하루'의 쪼꼬미 일지

 환자 → **왈라비 왈리**

오늘은 어디서 많이 본 듯한 친구가 병원을 방문했다.
왈라비 '왈리'는 평소에도 캥거루로 오해를 많이 받아 짜증이 난 것 같았다.
앞으로는 오해하지 말아야겠다!

오늘의 찰칵!

나 캥거루 아냐! 확 그냥!

왈라비 왈리의 등장! 정말 캥거루를 닮았네.

열심히 먹이를 먹고 있어! 귀여워서 심장이 아파!!

밥 먹고 친구들과 일광욕을 즐기는 중!

노는 건 언제나 자신 있다고~!

스트레스 받지 말고 언제나 그 모습 그대로 있어 줘!

왈라비에 대해 알려 줄게!

얼굴이 동그란 편이야!

위턱 셋째 앞니에 세로로 홈이 나 있어!

꼬리와 뒷발이 아주 길~어!

- ✓ **먹이:** 초본이나 관목의 잎
- ✓ **서식지:** 오스트레일리아 태즈메이니아, 뉴기니 섬의 관목림, 바위 지대에서 살고 있어!
- ✓ **평균 길이:** 몸길이 큰 것은 약 66~100cm, 작은 것은 66~79cm
- ✓ **동물 분류:** 포유류

더 알아보자!

왈라비는 캥거루와 아주 비슷해. 생김새부터 시작해서 커다란 두 발로 껑충껑충 뛰는 모습을 보면 구분하기 힘들 정도지. 하지만 비교해 보면 다른 점이 많아. 캥거루는 몸길이가 약 130~160cm이지만 왈라비는 66~100cm 정도로 캥거루보다 몸집이 훨씬 작아. 또 캥거루는 코가 길고 얼굴이 좁지만 왈라비는 얼굴이 동그란 편이지. 가장 다른 점은 성격이야. 캥거루는 공격적인 성격이지만 왈라비는 사람이 가까이 다가가도 공격하지 않을 정도로 아주 온순해!

4장

제8화. 레서판다 레팡
제9화. 플라워혼 물갱
제10화. 닭 꼭실이

사육사님은 우리를 어떤 동물 우리로 데려갔어. 그리고 낯선 동물 한 마리가 구석진 곳에서 웅크리고 있는 걸 발견했지.

바로 여기예요.

병원에서 누가 온다는 소식은 들었지. 하지만 나도 호락호락하진 않아.

설마 저건!

감히 이 몸에 함부로 손을 대거나…

주사 바늘로 찌르려고 한다면…

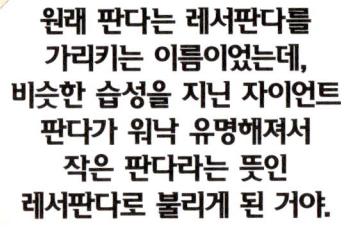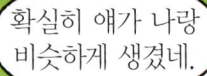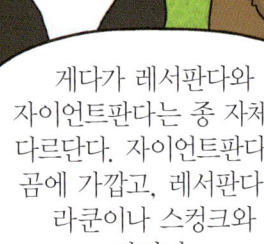

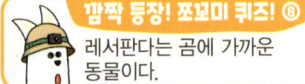

'하루'의 쪼꼬미 일지

환자
→
레서판다 레팡

오늘은 세상에서 가장 치명적인 동물을 진찰하러 동물원을 방문한 날!
과연, 알려진 것만큼이나 치명적이었던 레서판다 '레팡'!
역대급 귀여움에 심장이 아팠던 날…!

📷 오늘의 찰칵!

크아아앙! 가만두지 않겠다!

너구리를 쏙 빼닮은 꼬리에, 새까만 발이 매력적인 오늘의 환자!

외로움에 몸져누운 레팡이!

친구가 없어 혼자 노는 모습을 보니 마음이 아팠어.

레순아, 나랑 놀자!!

하지만 레순이와 함께 즐거울 일만 남은 지금!!

레서판다에 대해 알려 줄게!

몸 전체가 붉은빛의 긴 털로 덮여 있어!

배와 다리는 윤기 있는 검은빛을 띄어.

꼬리가 몸에 비해 길어!

- ✓ **먹이:** 대나무, 도토리, 식물의 뿌리, 지의류, 어린 새, 새의 알 등
- ✓ **서식지:** 히말라야와 중국 남부 등의 높은 산이나 대나무숲에서 살고 있어!
- ✓ **평균 길이:** 몸길이 약 60cm, 꼬리 길이 약 50cm
- ✓ **평균 몸무게:** 약 3~6kg
- ✓ **동물 분류:** 포유류

더 알아보자!

처음엔 네팔어로 '대나무를 먹는 자'라는 뜻에서 '판다'라고 불렸다는 설이 있어. 그 뒤로 다른 종의 판다가 발견되면서 '작은 판다'라는 의미의 '레서판다'라고 부르기 시작했대. 높은 곳을 좋아해서 대부분 나무에서 시간을 보내. 온순한 성격으로 사람에 대한 경계심이 적어 사람도 잘 따른다고 해. 하지만 기후 변화와 삼림 벌채로 서식지가 줄어 세계적인 멸종 위기종으로 지정되었어.

제9화
플라워혼 물갱

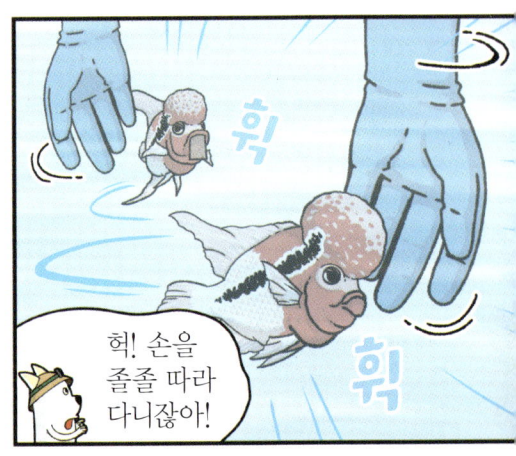

으아아악!!!

물갱이가 아파서 기운이 없기에 망정이지. 건강했다면 훨씬 더 아팠을 거야.

왜 물어! 난 단지 너하고 친하게 지내려는 것 뿐인데!

네가 내 영역을 침범했잖아!

영역이라고?

난 강아지처럼 사람을 잘 따르는 물고기가 아니야.

난 원래 성격이 공격적인 데다가 다른 물고기들이 내 잎에 다가오는 걸 극도로 싫어하지. 그러니 너도 조심해!

깜짝 등장! 쪼보미 퀴즈!
플라워혼은 강아지처럼 사람을 잘 따른다?

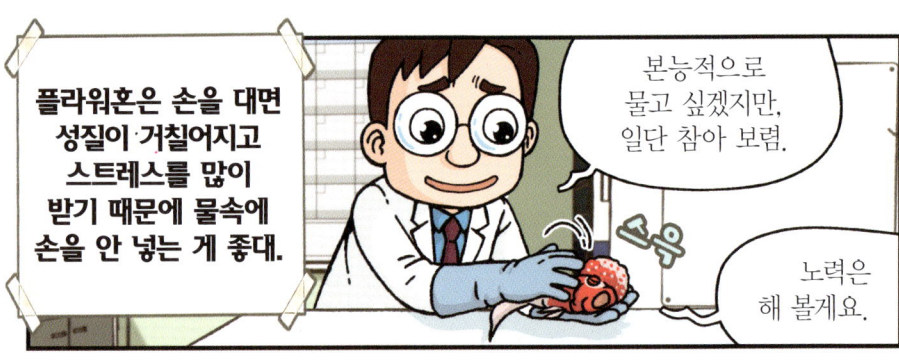

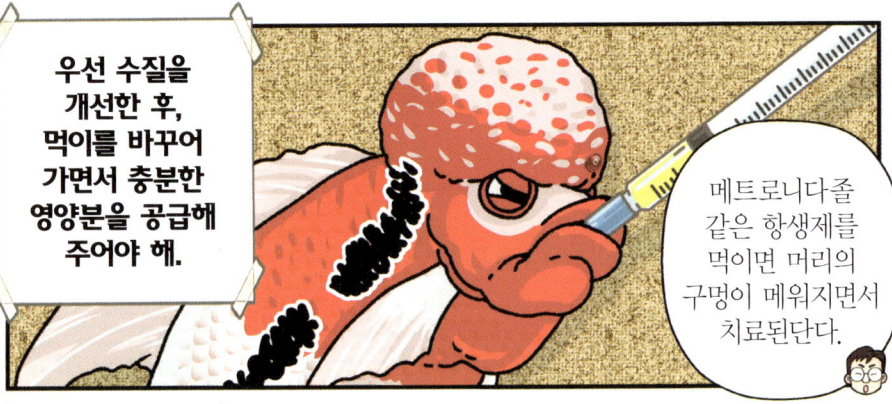

핸들링 : 동물을 손으로 만지며 교감하는 행위.

'하루'의 쪼꼬미 일지

 환자 → **플라워혼 물갱**

사람을 졸졸 따라다녀 워터독이라는 별명이 붙은 플라워혼 '물갱'.
하지만 그건 완전한 오해였다. 그동안 말도 못하고
많은 스트레스를 받았을 물갱이! 동물에 대해 더 공부해야지!

📷 오늘의 찰칵!

다가오면 공격한다!

머리에 커다란 혹을 달고 있는 오늘의 환자!

자세히 보니 얼룩덜룩한 무늬가 정말 멋져!

나 그렇게 순한 물고기 아니니까 조심해!

치료받고 건강해진 물갱이야.
앞으론 널 만지지 않을게!

플라워혼에 대해 알려 줄게!

머리에 커다란 혹이 있어! 수컷은 암컷보다 혹이 더 화려해!

주둥이가 뭉툭해!

- ✓ **먹이**: 전용 사료, 때때로 밀웜, 귀뚜라미 바퀴벌레 같은 곤충을 먹기도 해.
- ✓ **서식지**: 인공 교배종이라 자연 서식지가 없어!
- ✓ **평균 길이**: 약 25~30cm
- ✓ **동물 분류**: 경골어류

더 알아보자!

플라워혼은 사람을 알아보고 잘 따르는 것처럼 보여서 '워터독, 물강아지'라는 별명이 붙었지만 이건 오해야. 어항에 손을 집어넣으면 머리에 있는 큰 혹으로 위협하는 모습을 마치 사람이 반가워 몸을 비비는 강아지 같다고 생각해 그런 별명이 붙었지. 플라워혼은 사실 성격이 사나운데다 공격적인 성향도 있어서 다른 물고기와는 키우지 않는 것이 좋고, 손을 넣어 만지는 행동도 하지 않는 것이 좋아.

제10화
닭 꼭실이

오늘 참 괴상한 환자가 병원에 왔어. 왜냐하면 분명 익숙한 얼굴인데 또 어떻게 보면 처음 보는 얼굴이었거든. 이게 무슨 말이냐고?

온몸에 깃털이 달려 있고, 부리가 있고, 날개도 있으니 이건 분명 조류, 즉 새에 속하는 동물이에요.

날개가 있어도 멀리 날지는 못하고 이렇게 울어요.

그래서~?

이것만 봐서는 환자는 분명 '닭'에 속해야 맞는데….

브라마 : 큰 덩치와 굵은 다리가 특징.

폴리시 : 머리 위에 난 수북한 털볏이 특징.

모던 게임 밴텀 : 싸움닭을 관상용으로 품종 개량한 닭으로 늘씬한 체형이 특징.

아라우카나 : 꼬리가 없거나 뭉툭하며 양 뺨에 깃털이 있는 게 특징.

인류는 아~ 주 옛날부터 관상용으로 닭을 키웠어. 그 과정에서 색깔이나 성격, 모양 등 여러 품종이 탄생했단다. 유명한 것만 해도 50종이 넘지.

닭의 종류가 이렇게 다양하다니! 잘 모르는 사람이 보면 닭 비슷한 다른 새로 착각할 것 같아요.

'하루'의 쪼꼬미 일지

 환자

닭 꼭실이

독특한 외모에 뒤뚱거리는 걸음걸이가 귀여웠던 닭 '꼭실이'!
닭이 영리한 동물이었다니! 조만간 세 자매와 만나서
구구단 게임을 해 보아야겠다!

📷 오늘의 찰칵!

나처럼 엘레강스한 닭 본 적 있어?

꼭실이의 위풍당당한 등장!

꼭실이와 친구들, 치명적인 뒷태를 뽐내는 중!

네가 나보다 똑똑해?

다들 모여서 무슨 얘기를 하는 걸까…?

건강해진 모습으로 꼭 다시 만나자~!

닭에 대해 알려 줄게!

머리에 볏이 달려 있어!

날개가 있지만 퇴화되어 날지 못해!

몸은 풍성한 깃털로 덮여 있어!

- ✔ **먹이:** 작은 씨앗, 풀씨, 잎사귀, 벌레 등
- ✔ **서식지:** 전 세계 곳곳에서 살고 있어!
- ✔ **평균 길이와 몸무게:** 종에 따라 매우 다양해!
- ✔ **동물 분류:** 조류

더 알아보자!

닭은 의외로 강아지나 고양이처럼 사람과 교감할 수 있는 동물이야. 실제로 최근에는 닭을 반려동물로 키우는 사람들이 점점 늘어나고 있대. 사람을 알아보기도 하고, 훈련도 가능할 만큼 똑똑한 동물이지만 닭을 키우려면 여러 가지 환경과 조건이 갖춰져야 해. 뛰어놀 수 있는 넓은 공간과 깨끗한 사육 환경 등, 동물마다 필요한 환경이 달라서 키우기 전에 잘 알아보아야 해!

5장

특별한 동물을 기르려면

특별한 동물과 가족이 되고 싶어요!
내 반려동물은 어떤 병에 취약할까

특별한 동물과 가족이 되고 싶어요!

세상에는 다양한 동물이 살고 있어. 이 중에서 반려동물로 키우기 적합한 동물과 적합하지 않은 동물엔 무엇이 있는지 살펴보고, 주변에서 흔히 볼 수 없는 특별한 동물을 키우려면 어떤 준비가 필요한지 알아보자.

체크 포인트 1

키울 수 있는 동물 vs 키울 수 없는 동물

인터넷이나 텔레비전을 보다 보면 곰이나 사자, 침팬지처럼 독특한 반려동물과 함께 지내는 사람들의 이야기를 접할 수 있어. 우리에게 친숙한 개나 고양이 말고도 특별한 동물을 식구로 맞을 순 없을까?

코알라는 귀여운 외모로 많은 사랑을 받는 동물이야. 하지만 무자비한 사냥과 서식지의 파괴로 개체 수가 급격히 줄어든 탓에 멸종 위기종으로 지정되어 반려동물로 기를 수 없어.

코끼리는 우리에게 친숙한 동물이지만 몸무게가 2~6t(톤)에 달하는 데다 매일 싸는 대변의 양만 120kg 이상 되기 때문에 반려동물로 기르긴 힘들어.

호랑이는 맹수로 분류되는 동물이라 사람을 다치게 할 수 있고, 멸종 위기에 처해 있기 때문에 개인이 직접 호랑이를 키우는 것은 불가능해.

카라칼은 아프리카와 중동에서 사는 고양잇과의 포유류야. 야생 동물이라 길들이기 힘들고 사나운 성격 때문에 같이 살기 힘든 동물이지.

당나귀는 수천 년을 인류와 함께해 온 동물이야. 영리한 데다 사람과 교감도 할 수 있어서 반려동물로도 적합하지. 당나귀를 기를 땐 실내보단 야외에서 기르는 것이 좋아.

귀여운 아기 캥거루를 닮은 왈라비는 온순한 성격으로 사람과도 깊은 유대감을 나눌 수 있다고 해. 그래서 호주에서는 이색 반려동물로 왈라비를 많이 키우고 있다고 하지.

체크 포인트 2

특별한 동물은 어떻게 키울까?

특별한 동물을 키우려면 다른 반려동물보다 더 많은 준비가 필요해. 어떤 준비가 필요한지 알아볼까?

반려동물을 입양할 땐 함께하는 순간만 떠올리겠지만, 언제까지나 반려동물과 함께할 수는 없어. 때문에 입양하고 싶은 동물의 수명에 대해 먼저 알아보고, 죽음에 대한 준비도 해야 해.

개나 고양이 같은 반려동물은 질병에 대한 연구가 많이 됐지만 이색 반려동물은 예방 접종이나 질병 치료 방법에 대한 정보가 많지 않아. 혹시라도 아픈 경우를 대비해 가까운 병원 위치를 알아보는 것이 필요해!

내가 키우고 싶은 동물의 특성을 알아보는 것도 중요해. 동물을 품종마다 굉장히 다양한 특성이 있거든. 반려동물의 특성을 알면 더 깊은 교감을 나눌 수 있고, 보다 건강한 생활을 할 수 있어.

체크 포인트 3

반려동물도 소중한 가족이야!

반려동물은 '사람과 더불어 사는 동물'이라는 뜻이야. 동물을 사람과 동등하게 보고, 생명으로서 존중한다는 의미를 담고 있지. 그렇다면 반려동물을 하나의 생명으로 존중하는 방법에는 무엇이 있을까?

'사지 말고 입양하세요.'라는 말을 들어본 적이 있을 거야. 2022년 한 해 동안 유기 동물이 11만 마리를 넘었대. 그러다 보니 일정 기간 안에 주인이 찾으러 오지 않는 동물 중 20%는 안락사를 시키기도 하지. 입양은 이러한 생명을 다시 살리는 일이 될 수 있어.

반려동물과 함께 하는 게 마냥 즐거울 줄 알고 데려왔다가, 키우기 힘들어지면 반려동물을 버리는 경우가 있어. 사람에게 길들여진 동물은 야생에서 살아남기 어렵기 때문에 입양하기 전 신중하게 생각해야 해. 반려동물을 유기하면 「동물보호법」 위반으로 300만원 이하의 벌금이 부과된다는 사실도 잊지 마!

보호자 필수 상식
내 반려동물은 어떤 병에 취약할까?

홀인헤드(Hole in the head)는 머리 또는 몸통에 작은 구멍이 생기는 병이에요. 관상어에게 자주 보이는 병으로 방치하면 치료가 어려워 반드시 초기에 병원에 가야 해요!

닭은 감염성 기관지염에 걸리기 쉬워요. 다행히 주사를 맞아 예방할 수 있지만, 재채기, 코골이와 같은 증상을 보인다면 다른 새들에게 옮기지 못하도록 즉시 격리하고 병원에 가 보는 것이 좋아요!

개구리는 변온동물이기 때문에 사람의 신체 온도에 화상을 입을 수 있어요. 개구리를 맨손으로 만지지 않도록 주의하고 만지기 전엔 반드시 손을 찬물로 씻고 만지는 것이 좋아요.

왈라비는 스트레스에 취약한 동물이에요. 스트레스를 받으면 입안에 질병을 일으키는 칸디다증이나 폐렴, 머리 일부에 괴사를 유발하는 방성균병 등 각종 질병에 노출되기 쉽지요. 건강을 위해 매년 정기 검진을 받는 것이 좋아요!

쪼꼬미의 소소한 일상 만화

- 친해지길 바라! -

원작 SBS TV 동물농장 X 애니멀봐

〈SBS TV 동물농장 X 애니멀봐〉는 492만 명의 구독자를 보유한 유튜브 채널로, 다채로운 동물 이야기를 다루며 사람과 동물의 세계를 더 가깝게 연결해 주고 있다. 대표적인 오리지널 콘텐츠인 '쪼꼬미 동물병원'도 다양한 이유로 병원을 찾은 소동물 친구들의 치료 이야기를 따뜻한 시선으로 담아내며, 시청자들에게 더 넓은 동물 세계를 보여 주고 있다.

감수 최영민 수의사

최영민동물의료센터 원장. 건국대학교에서 수의학 석사 및 박사 학위를 받았다. 건국대학교 수의학과 겸임교수를 지냈으며, 현재 SBS 〈TV 동물농장〉 자문위원으로 활동하고 있다.

글 권용찬

장편소설 『설이움』을 통해 작가의 길에 들어섰다. 이후 동화, 칼럼, 만화 시나리오 등 여러 분야에서 활동하고 있으며 환상적이면서도 감동이 있는 글을 쓴다. 주요 작품으로는 장편 소설 『설이움』, 동화 『두두리의 모험』 등이 있으며 「만화 통째로 한국사」, 「만화 인물 평전」, 「Why? People」, 「Who?」, 「드래곤 빌리지-과학생존스쿨」, 『who? 인물 중국사 시진핑』시리즈를 비롯한 여러 학습 만화의 집필에 참여했다.

그림 이연

꿈과 재미를 주는 어린이 만화를 그리고 있는 작가로, 2011년 한국 콘텐츠진흥원 제작지원과 2012년 한국 만화진흥원 제작지원에 선정되었다. 펴낸 책으로는 『개콘 탐정단』, 『신비아파트 귀신백과』, 『허팝 과학파워』, 『입시덕후』 등이 있다.

초판 1쇄 인쇄 2024년 9월 12일 초판 1쇄 발행 2024년 9월 27일
원작_SBS TV동물농장 X 애니멀봐 글_권용찬 그림_이연

발행인_심정섭 편집인_안예남 편집팀장_이주희 편집_송유진, 장영옥, 도세희
제작_정승헌 브랜드마케팅_김지선, 하서빈 출판마케팅_홍성현, 경주현 디자인_DESIGN PLUS
발행처_(주)서울문화사 인쇄처_에스엠그린 등록일_1988년 2월 16일 등록번호_2-484
주소_서울시 용산구 새창로 221-19 전화_(02)799-9321(편집), (02)791-0752(출판마케팅)

ISBN 979-11-6923-330-9
ISBN 979-11-6923-149-7 (세트)

copyright ⓒSBS. Corp ALL RIGHTS RESERVED
※본 제품은 SBS와의 정식 라이선스 계약에 의해 ㈜서울문화사에서 제작, 판매하는 것으로 무단복제 및 판매 시 법의 처벌을 받습니다.
※잘못된 제품은 구입하신 곳에서 교환해 드립니다.

〈깜짝 등장! 쪼꼬미 퀴즈!〉 정답

1번 O 2번 X 3번 O 4번 X 5번 O
6번 X 7번 X 8번 X 9번 X 10번 O